La dama de las camelias

de Alexandre Dumas fils

GUÍA DE LECTURA

Escrita por Noé Grenier
Traducida por Juan Lopez

La dama de las camelias

de Alexandre Dumas fils

Entiende fácilmente la literatura con

ResumenExpress.com

www.ResumenExpress.com

ALEJANDRO DUMAS HIJO

ESCRITOR FRANCÉS

- **Nacido en 1824 en París**
- **Fallecido en 1895 en Marly-le-Roi**
- **Algunas de sus obras:**
  - *El asunto Clemenceau, Memorias del acusado* (1866), novela
  - *Le Fils naturel* (1858), obra de teatro
  - *Un père prodigue* (1859), obra de teatro

Alexandre Dumas hijo lleva el mismo nombre que su padre, el famoso autor de Los *tres mosqueteros*. Con *La Dame aux camélias*, publicada en 1848, se distinguió como escritor de talento y salió de la sombra de su padre. En vida fue conocido sobre todo por sus obras teatrales, aunque también escribió numerosas novelas. Su obra se caracteriza por un estilo bien elaborado y frases ingeniosas y cinceladas, especialmente adecuadas para el teatro. Estaba muy cerca del realismo en la literatura. Su obra se distingue por su carácter moralista y su crítica a su época.

LA DAMA DE LAS CAMELIAS

EL AMOR IMPOSIBLE DE UNA CORTESANA PARISINA EN EL SIGLO XIXE

- **Género:** novela

- **Edición de referencia**: *La Dame aux camélias*, París, Le Livre de Poche, 1975, 285 p.

- **1ª edición:** 1848

- **Temas:** amor, realismo, vida parisina, siglo XIX, cortesanas, celos

La dama de las camelias fue escrita por Alexandre Dumas hijo tras la muerte de su antigua amante y primer amor, Marie Duplessis, una destacada cortesana del París de mediados del siglo XIX. Esta novela, considerada una de las precursoras del realismo, fue adaptada al teatro por el propio autor. Se ha convertido en un clásico de la literatura y se ha adaptado de muchas formas (ópera, cine, ballet). La novela describe la relación amorosa entre Armand Duval, un joven apasionado, y Marguerite Duval, una "mantenida". Su relación se ve comprometida por el pasado de Marguerite, que les alcanza constantemente, ya sea por los celos de Armand o por la desaprobación de su padre.

RESUMEN

ALEJANDRO DUMAS CONOCE A ARMAND DUVAL

La historia comienza en París en 1847. En los primeros capítulos, Alexandre Dumas hijo es el narrador. Cuenta cómo se entera de la muerte de una famosa cortesana, Marguerite Gautier. La mujer murió acribillada por las deudas y se organizó una subasta de sus objetos personales. El narrador acude allí para asistir al acto. Numerosas damas de la "Tout-Paris", nobles y burguesas respetables, están presentes. Acuden por curiosidad, para echar un vistazo al escandaloso estilo de vida de una mujer "mantenida", y con la esperanza de poder hacerse con alguno de los muchos objetos de lujo que los amantes de Marguerite Gautier le han regalado a lo largo de su vida. Alexandre Dumas compra a un alto precio un libro, *Manon Lescaut*, en el que hay una nota de un tal Armand Duval.

Más tarde, Alexandre Dumas hijo conoce a Armand Duval, que acude a casa de Dumas para comprar el libro que él mismo había regalado a la difunta Marguerite Gautier. Los dos jóvenes se hacen amigos y Dumas se entera de que Armand Duval había sido uno de los muchos amantes de Marguerite Gautier. Este último parece especialmente afectado por la muerte de su antigua amante. Explica a Alexandre Dumas hijo que tiene la intención de comprarle una parcela a perpetuidad en el cementerio de Montmartre. De hecho, esta era la única forma en que podía ver su cadáver. Estaba ausente en el momento de su muerte y necesita ver su cuerpo sin vida para llorarla. Armand Duval consigue por fin ver el cadáver de su antigua amante ya en descomposición. La conmoción le hace enfermar gravemente, y Alexandre Dumas hijo vela junto a su cama. Es entonces cuando Armand Duval comienza a hablarle de su amor por la cortesana Marguerite Gautier, conocida en París como la Dama de las Camelias.

ARMAND DUVAL CONOCE A MARGUERITE GAUTIER

A partir de ese momento, Armand Duval se convierte en el narrador de la historia. La primera vez que conoce a Marguerite Gautier es paseando por la Place de la Bourse. La ve entrar en una tienda y queda inmediatamente impresionado por su gracia y su gran belleza. No se atrevió a acercarse a ella. Unos días más tarde, de camino a la Opéra-Comique con un amigo, Armand Duval ve a Marguerite en un palco frente al suyo. Le pide a su amigo, que conoce a la Dama de las Camelias, que se la presente. Este primer encuentro no va según el gusto de Armand, ya que Marguerite se burla suavemente de él y él hace el ridículo, ofendido por esta burla. Sin embargo, Armand la sigue discretamente después de la representación hasta la puerta de su casa. A partir de ese momento, el joven desarrolla una obsesión por Marguerite, a la que ve a menudo.

Un día, Armand se entera de que ella está enferma de tuberculosis y pide regularmente noticias a las personas que pueden darle información. Como la Dama de las Camelias siempre estaba en su mente, Armand decidió reencontrarse con ella. Una noche, en el teatro Variétés, la vio en compañía de una dama de unos cuarenta años, una antigua cortesana llamada Prudence Duvernoy. Se acerca a ella y se entera de que es vecina de Marguerite Gautier. Armand le pide entonces que le presente a Marguerite. Prudence acepta y se acuerda que él y su amigo Gaston, que le acompaña esa noche, vayan juntos a casa de Prudence. Esa noche, Marguerite Gautier recibe la visita de uno de sus pretendientes, el conde de G., que la molesta terriblemente. Le pide a Prudence que se reúna con ella en su casa y accede a que vaya con sus dos invitados. Así es como Armand se encuentra en casa de Marguerite Gautier. Después de distinguirse ante ella por su ingenio, le dice que es el misterioso joven que la ha estado controlando regular-mente durante su enfermedad. En el transcurso de la velada, finalmente la seduce y le confiesa sus senti-mientos. La cortesana acepta convertirse en su amante y le da una cita para el día siguiente.

ARMAND Y MARGUERITE SE CONVIERTEN EN AMANTES

Armand y Marguerite pasan juntos sus dos primeras noches de amor, pero al joven le cuesta aceptar que su amante esté oficialmente ligada a un duque que la mantiene y que el conde de G., su antiguo amante, siga cortejándola asiduamente. Prudence, amiga y confidente de Marguerite, intenta razonar con Armand:

la joven es una cortesana, que se ofrece a ricos pretendientes a cambio de regalos, beneficios materiales y dinero. Para Prudence, Armand no debe esperar más que una aventura pasajera, aunque Armand y Marguerite estén enamorados. Pero Armand está consumido por los celos y la tercera noche, cuando se da cuenta de que Marguerite está pasando la noche con el conde de G., decide escribir una carta de ruptura irónica y difamatoria a Marguerite, esperando una respuesta o reacción por parte de ella. Finalmente, cuando Marguerite no responde, Armand, movido por el orgullo y los celos, decide abandonar París y volver con su padre. Pero celoso como es, no está menos locamente enamorado y, a través de Prudence, escribe una carta a Marguerite disculpándose. Ella se presenta en su casa justo antes de que Armand abandone París. Armand se arroja a los pies de Marguerite para pedirle perdón. Cuando Armand le explica sus celos, Marguerite le responde: "Bueno, amigo mío, deberías haberme querido un poco menos o haberme comprendido un poco más" (p. 145). Al final, Marguerite perdona a Armand por sus celos, tras explicarle las obligaciones de una cortesana y recordarle su amor por él.

Armand decide cambiar su vida y su forma de ver las cosas para aceptar el escandaloso estilo de vida de su amante. Está consumido por el amor y tiene grandes dificultades para reprimir sus celos. Comienza a llevar un estilo de vida agitado, alternando las citas, las fiestas y el juego. Apenas duerme y sólo vive para su pasión con Marguerite. Durante un día de campo, la pareja ve una casa que les gusta. Marguerite decide pedir al duque, que la "protege", que alquile la casa, con el pretexto de alejarse de la vida inmoral de París.

El duque acepta de buen grado alquilar la casa de Bougival, viendo en ello una oportunidad de alejar a su protegida de una vida de libertinaje. Pero para Marguerite, es una estratagema para poder vivir más libremente su relación con Armand. Finalmente, el duque se entera del escándalo y abandona a Marguerite. La Dama de las Camelias tiene que renunciar al lujo al que se había acostumbrado como cortesana. Hace este sacrificio por amor a Armand y vende en secreto sus joyas y riquezas para pagar las deudas que han surgido después de que el duque dejara de apoyarla. A pesar de los problemas de dinero, Armand y Marguerite se aman sinceramente y viven los mejores días de su amor en Bougival. Al final se prometen amor leal y deciden regresar a París para establecerse juntos.

EL PADRE DE ARMAND INTERVIENE

Entonces llega a París el padre de Armand. Se ha enterado de la relación de su hijo con una famosa cortesana y pretende impedirla para preservar el honor de la familia. Al principio intenta disuadir a Armand, pero sin éxito. Un día, al volver de casa de su padre, Armand la encuentra vacía. Va en busca de Marguerite y recibe una carta de ella en la que le dice que le engaña y que deben separarse. Desolado por la pena, abandona París para ir a ver a su padre. Aunque se ha recuperado, sigue pensando en Marguerite y decide regresar a París. Allí se reencuentra con Marguerite con otra bella mujer y decide vengarse.

Seduce a la esposa de Marguerite, Olympe, y se muestra públicamente con ella. Su relación con Olympe entristece mucho a Marguerite. Finalmente, visita a Armand y le pide que ponga fin a su cruel juego. El joven se entera entonces de que Marguerite ha vuelto a caer gravemente enferma. Pasan juntos una noche de amor, tras la cual Marguerite promete a Armand que siempre podrá ser su amante, pero no su compañera. Al día siguiente, Armand intenta volver a ver a Marguerite, pero ella está con el conde de G. Furioso, le escribe una carta insultante y se marcha a Egipto.

LA AGONÍA DE MARGARITA

El resto de la historia no la cuenta Armand. Alexandre Dumas fils cuenta que ésta se queda dormida después de haber confiado al narrador los diarios escritos por Marguerite tras su partida, y que le fueron confiados después de su muerte. En estos diarios, Marguerite se confía a Armand. Ella le cuenta el motivo de su ruptura: había recibido la visita de su padre, que la había convencido para que lo dejara por el bien de su familia. Los amores de Armand con una cortesana comprometen el honor de su familia e impiden que su hermana encuentre marido. Al final, fue por amor a Armand por lo que Marguerite se convenció de abandonarlo. En el resto del diario describe su agonía y sus dudas: sufriente y sola, se pregunta dónde está su amante y desea su regreso, que cree que facilitaría su recuperación. Sobre todo, espera que él la perdone por el dolor que le ha causado. Finalmente, Marguerite muere sin volver a ver a Armand, todavía en Egipto.

ESTUDIO DE CARACTERES

ARMAND DUVAL

Armand Duval, un hombre apasionado y emocional, es el protagonista de esta historia, junto con Marguerite Gautier. En la novela, es amigo de Alexandre Dumas hijo y amante de la joven. Se le describe como un joven de unos veinte años, alto, pálido y con el pelo rubio. Podemos suponer que era lo suficientemente atractivo como para haber atraído la atención de Marguerite Gautier, la Dama de las Camelias. Cuando conoce a Alexandre Dumas hijo, mientras llora a su gran amor, Armand está literalmente enfermo de dolor: tiene fiebre, llora constantemente y se desmaya varias veces. Nacido en el seno de una familia burguesa de provincias, su padre lo envía a París para que se forme como abogado o médico. Vive de la herencia de su difunta madre y de una pensión de su padre. En París, se entregó a la vida social, frecuentando teatros y óperas, donde conoció a Marguerite Gautier. Fue su loco amor y su sincera preocupación por su salud y su felicidad lo que la sedujo. Armand es consciente de que se está enamorando de una cortesana con un pasado sulfuroso que sigue viendo a otros amantes. Sin embargo, no puede aceptarlo y no puede evitar sentir unos celos terribles. Estos celos, de los que nunca consigue librarse, le causan mucho dolor y constituyen la base de su relación con Marguerite, cuya estabilidad amenaza constantemente.

De hecho, son los celos los que le llevan a abandonar a Marguerite la primera vez, y son los celos los que le hacen dudar del deseo de Marguerite de renunciar a su vida de cortesana por él. Finalmente, son los celos y el orgullo los que le llevan a hacer sufrir a Marguerite, que no encuentra fuerzas para luchar contra la enfermedad y la tristeza y acaba sucumbiendo.

Armand también es un hijo cariñoso y leal. Cuando su padre quiere oponerse a su relación con Marguerite, a Armand le asaltan las dudas. Finalmente se refugia en casa de su padre cuando es víctima de la estratagema de éste para separarle de Marguerite.

MARGUERITE GAUTIER

Marguerite es descrita como una mujer de excepcional belleza. Es alta y delgada, con el pelo largo y negro. Dado que la belleza de Marguerite es uno de los elementos clave de la novela, quizá debamos dejar que sea el autor quien describa su rostro, con el talento que le caracteriza:

> *"En un óvalo de gracia indescriptible, coloca unos ojos negros coronados por cejas de un arco tan puro que parecía pintado; vela estos ojos con grandes pestañas que, al bajarlas, proyectan sombra sobre el tinte rosado de las mejillas; traza una nariz fina, recta, espiritual, con las fosas nasales un poco abiertas por una ardiente aspiración hacia la vida sensual; Dibuja una boca regular, cuyos labios se abran graciosamente sobre dientes blancos como la leche; colorea la piel con ese terciopelo que cubre los melocotones que ninguna mano ha tocado, y tendrás el conjunto de esta encantadora cabeza. " (p.28)*

Marguerite es una cortesana, una "mujer de cuidado". En aquella época, en los círculos sociales de París, algunas mujeres vivían en contacto con la alta sociedad, de la que tomaban amantes. Intercambiaban sus gracias por beneficios materiales: regalos, pero también dinero. No se trataba de prostitución tal y como la conocemos hoy: estas mujeres elegían libremente a sus amantes y no cobraban por sus servicios sexuales. Más bien, era una cuestión de amoríos interesados. En esta novela, Marguerite es la cortesana más codiciada de París. La apodan la Dama de las Camelias, porque siempre está adornada con estas flores. Se distingue de las demás cortesanas de su época por su grandeza de espíritu y su nobleza. A lo largo de la novela, Marguerite se enamora de Armand Duval. Decide abandonar su vida de cortesana y sacrificar su fortuna y su futuro por Armand. Al hacerlo, revela una lealtad y una fuerza de voluntad que nadie sospechaba en una cortesana. Por desgracia, la reputación de cortesana aún la persigue. Las presiones sociales de la época dificultan su amor por Armand. Cuando el padre de Armand le explica que Marguerite sólo puede hacer daño a Armand amándole, Marguerite se convence. Es aquí donde hace el mayor sacrificio, que le costará el amor de Armand y su vida: decide renunciar a su amor por Armand y volver a su vida de cortesana. Cae enferma y muere de tuberculosis en amarga soledad.

PRUDENCIA DUVERNOY

Prudence es vecina y amiga de Marguerite. Es una mujer de unos cuarenta años, una antigua cortesana que ha perdido sus encantos. En la época de la narración, es sombrerera, pero no consigue vender muchos de sus artículos. De hecho, vive de Marguerite Gautier. Marguerite le "presta" dinero que nunca intenta recuperar, le compra sombreros que nunca se pone y le hace regalos de sus amantes que a ella no le interesan. Prudence es también la confidente de Marguerite y es a través de ella como Armand Duval consigue conocer y seducir a Marguerite Gautier. A pesar de la generosidad de Marguerite hacia Prudence, ésta la abandona cuando Marguerite más la necesita. Prudence deja de ver a Marguerite cuando ésta se está muriendo, acosada por las deudas y en la indigencia. No hay descripción física de Prudence, aunque sabemos que es "gorda" (p77). Prudence, como los demás personajes secundarios de esta novela, es un personaje poco desarrollado. Con sus discursos mojigatos sobre la imposibilidad de amar a una cortesana y su amistad interesada, sirve sobre todo para resaltar la grandeza de espíritu, la generosidad desinteresada y el carácter cariñoso de Marguerite Gautier.

M.DUVAL

Monsieur Duval es el padre de Armand. Llega a París en cuanto se entera de los amores de su hijo con una famosa cortesana. Hará todo lo posible para oponerse a esta relación y preservar el honor de su familia. Quiere casar a su hija y la familia del novio se niega a aceptar el matrimonio, sabiendo que el hermano de la novia mantiene relaciones escandalosas con una mantenida. Finalmente, convence a Marguerite para que abandone a Armand, sin que éste se entere del plan. No se da ninguna descripción física de él, y el personaje está poco desarrollado en la novela. Monsieur Duval es la encarnación de la moral burguesa de la época. A través de él, se cuestiona la vocación al amor y a la felicidad de las cortesanas en nombre de los valores morales de la época. Al final, es él quien decide que una mujer con un pasado demasiado escandaloso no puede experimentar la felicidad del amor verdadero.

OLYMPE

Olympe es una cortesana. Una hermosa joven de ojos azules, rubia y delgada. Armand la seduce para hacer sufrir a Marguerite. Olimpia tiene un carácter fútil e interesado. Comprende que Armand la seduce para hacer sufrir a Marguerite, y redobla su malicia hacia Marguerite para complacer a Armand. En cambio, Olympe, cortesana como Marguerite, resalta la nobleza y la bondad de Marguerite.

CLAVES DE LECTURA

LA VERDADERA HISTORIA DE MARIE DUPLESSIS

La Dama de las Camelias es una novela. Sin embargo, se basa en personajes reales y en una historia real. El autor lo anuncia al principio de la novela:

> *"Como aún no tengo edad para inventar, me contento con contar la historia. Por ello, insto al lector a que se convenza de la realidad de esta historia, en la que todos los personajes, a excepción de la heroína, siguen vivos"* (p. 17).

Marguerite Gautier es en realidad el avatar de una cortesana de la vida real, Marie Duplessis. Alexandre Dumas hijo, el autor de este libro, era su amante. *La Dama de las Camelias trata del* amor de Alejandro Dumas hijo por Marie Duplessis, pero no todos los acontecimientos de la novela corresponden a la verdadera historia de amor. Por ejemplo, Alexandre Dumas hijo y Marie Duplessis nunca tuvieron una idílica relación amorosa en Bougival, como Armand y Marguerite en la novela. De hecho, la historia de amor entre Alexandre Dumas hijo y Marie Duplessis fue mucho menos gloriosa que la descrita en la novela, si hemos de creer a los comentaristas. Como en la novela, Alexandre Dumas hijo se encuentra por primera vez con Marie Duplessis en la Place de la Bourse, donde queda impresionado por su belleza. Se acercó a ella unos años más tarde, en 1844, en el Théâtre des Variétés. Su relación terminó en 1845 1tras una discusión. Alexandre Dumas hijo le escribió: "Mi querida Marie, no soy lo bastante rico para amarte como quisiera, ni lo bastante pobre para que me ames como quisieras. Olvidemos pues los dos, tú un nombre que debe serte indiferente, yo una felicidad que se me hace imposible". Alexandre Dumas hijo transcribe esta carta tal como aparece en la novela, cuando Armand rompe por primera vez con Marguerite (p. 134)

A raíz de esta carta, Marie Duplessis se convirtió en amante del compositor y pianista húngaro Franz Liszt. Al igual que Marguerite, también murió de tuberculosis en París, en febrero de 1847, mientras Alejandro Dumas hijo se encontraba de viaje en Marsella. Dumas escribió *La Dame aux Camélias* en un mes. El libro se publicó en 1848. El padre de Armand tampoco se corresponde con el de Alexandre Dumas hijo, ya que Alexandre Dumas era conocido por su vida disoluta y su moral relajada.

En la novela, Alexandre Dumas fils se desdobla en dos: se convierte en el interlocutor de su personaje, Armand Duval, que sin embargo encarna al autor del mismo modo que Marguerite Gautier encarna a Marie Duplessis. A este respecto, cabe señalar que el personaje Armand Duval y su autor comparten las mismas iniciales: A.D., prueba de que Alexandre Dumas fils era muy consciente del proceso literario que estaba empleando.

REALISMO Y CRÍTICA SOCIAL

Una novela realista

La Dame aux camélias suele considerarse precursora de la novela realista. De hecho, la aparición del realismo en la literatura suele fecharse a partir de 1850, tras el golpe de Estado de Napoleón III. Esta corriente literaria se fijó como objetivo describir la realidad social de la época y de los individuos: debía ser una reproducción lo más fiel posible de la realidad. ᵉLos temas ficticios y heroicos se abandonan en favor de la descripción social: el realismo evoca el trabajo, la creciente importancia del dinero en la sociedad del siglo XIX y las relaciones amorosas. La novela realista, al describir la realidad, tiene también una finalidad filosófica. En efecto, veremos más adelante que la obra de Alexandre Dumas fils tiene una función moralizadora. Entre los autores más importantes que pertenecen a este movimiento, podemos contar a Honoré de Balzac (1799-1850), Gustave Flaubert (1821-1880) y George Sand (1804-1876), amiga íntima de Alexandre Dumas hijo. Esta tendencia dio lugar al naturalismo, cuyo líder, Émile Zola (1840-1902), describió las condiciones de la clase obrera de su época. Por último, cabe señalar que estas corrientes literarias ejercieron una gran influencia en la historia de las ideas, ya que allanaron el camino para la aparición de la sociología francesa, fundada por Émile Durkheim (sociólogo francés, 1858-1917) a finales del siglo 19ᵉ . *La Dama de las Camelias* responde a ciertos criterios del movimiento realista, ya que la autora describe con precisión el medio social parisino y las condiciones de vida de las cortesanas.

La Dame aux Camélias se publicó en un momento turbulento de la historia francesa: hasta 1848, Francia vivió bajo la monarquía del rey Luis Felipe. El 23 de febrero de 1848 (año de publicación de la novela, un año después de la muerte de Marie Duplessis) una revolución instaura la Segunda República. Pero esto no duró mucho, ya que el 2 de diciembre de 1851, Napoleón III tomó el poder mediante un golpe de Estado e instauró el Segundo Imperio.

Una crítica social

En La *dama de las camelias*, Alejandro Dumas hijo no sólo describe la vida de las cortesanas y el ambiente burgués de su época. Hay una verdadera crítica social que recorre todo el libro. En primer lugar, la autora denuncia la hipocresía burguesa de las mujeres mantenidas. Lo hace al principio del libro burlándose de la curiosidad de las mujeres respetables, que aprovechan la muerte de Marguerite Gautier y la subasta de sus bienes para visitar su casa y saber más de esas cortesanas con las que se codean a diario en teatros y óperas: "Aquella en cuya casa me alojaba estaba muerta; las mujeres más virtuosas podían, por tanto, entrar en su habitación" (p21). Más adelante, el autor prosigue su crítica a través de la escena del cementerio: habla con el jardinero, quien le explica que algunas familias burguesas, al enterarse de que Marguerite Gautier estaba enterrada junto a sus antepasados, se habían quejado y exigido que se trasladara el cadáver. El jardinero no deja de señalar al narrador que estas familias nunca visitan las tumbas de sus parientes y no las mantienen. A través de esta anécdota, se denuncia la hipocresía de los valores burgueses. Toda la historia de Marguerite Gautier en la novela sirve también para rehabilitar la imagen de la cortesana: Marguerite Gautier muestra una fuerza moral y una generosidad de espíritu de las que carecen todos los personajes que la rodean: en las otras cortesanas, por supuesto, pero también y sobre todo en los condes, duques, nobles y ricos que son sus amantes, en M. Duval, el padre de Armand, y en sus amigos. En *La Dame aux camélias*, la cortesana tiene más virtudes que los nobles que compran el disfrute de su belleza, antes de envejecer y ser abandonada a su suerte como Prudence Duvernoy. Marguerite Gautier, por muy cortesana que sea, es capaz de un amor profundo y total. Más que eso, aspira a la felicidad: la suya en primer lugar, pero también la de Armand e incluso la de M. Duval y su hija, a la que no conoce. Sin embargo, se le niega esta felicidad en nombre de los valores morales burgueses de respetabilidad. Al propio Armand le resulta difícil comprenderla y amarla, debido a su pasado sulfuroso.

LA RECEPCIÓN Y EL IMPACTO DE LA OBRA

La Dame aux Camélias fue un gran éxito cuando se publicó por primera vez y *tuvo* una gran repercusión. Alexandre Dumas fils la adaptó inmediatamente al teatro, pero al principio fue censurada por inmoral. Finalmente, gracias a un cambio de ministro, se representó por primera vez en 1852 en el teatro Vaudeville. Fue un éxito fenomenal, hasta el punto de eclipsar el libro. La noche del estreno estuvo presente el compositor italiano Giuseppe Verdi (1813-1901). *La Dama de las Camelias* le sirvió de gran inspiración, ya que él también vivía una relación amorosa escandalosa a la que su padre intentó oponerse. Basándose en *La dama de las camelias*, Verdi compuso su famosa ópera *La Traviata* en 1853. Posteriormente, la novela fue objeto de numerosas adaptaciones artísticas. Al menos quince películas se han inspirado más o menos directamente en la obra desde 1907, con la primera adaptación cinematográfica de Viggo Larsen, hasta nuestros días (*Moulin Rouge*, de Baz Luhrman, estrenada en 2001, se inspira en la novela). La obra también se ha adaptado varias veces y se han creado varias piezas de ballet basadas en la novela. El personaje de Marguerite *Gautier* ha tenido repercusión mundial, ya que incluso ha inspirado algunos tangos argentinos como *Margarita Gautier* o *Margo*.

A pesar del gran impacto del libro y de su entusiasta acogida en el momento de su publicación, el autor de *La Dame aux Camélias* fue a menudo criticado por sus contemporáneos. En una época en la que predominaba el movimiento realista, muchos escritores le reprocharon su marcado gusto por los bon mots, las ocurrencias y las figuras retóricas. Rémy de Gourmont (escritor francés, 1858-1915) escribió en 1896: "Alexandre Dumas hijo no es un gran escritor" (p. 270), mientras que Émile Zola comentó en 1876: "No me gusta el talento de M. Alexandre Dumas hijo. Es un escritor extremadamente sobrevalorado, con un estilo mediocre y una concepción encogida por las teorías más extrañas. Creo que la posteridad será dura con él" (*OEuvres complètes*, Vol. XII, p627). A la vista de las numerosísimas adaptaciones de *La Dame aux camélias*, está claro que Emile Zola se equivocaba en este punto. Cabe suponer que algunas de estas críticas no estaban motivadas únicamente por razones literarias. Así, Léon Bloy (novelista y ensayista francés, 1846-1917) afirma: "Este *mulato*... era un tonto y un hipócrita" (p. 270). Este comentario abiertamente racista (*mulato* es una palabra construida a partir de "mula" que designaba a las personas de raza mixta durante la época colonial) hace referencia a los orígenes de Alexandre Dumas fils. Al igual que su padre, descendía de una esclava de Saint-Domingue (actual Haití, antigua colonia francesa) que había tenido un hijo de su amo.

VÍAS DE REFLEXIÓN

ALGUNAS PREGUNTAS PARA SEGUIR REFLEXIONANDO...

- ¿Por qué podemos decir que *La Dame aux Camélias* forma parte del movimiento realista?

- ¿De qué manera se pone el autor del lado de las cortesanas de su época?

- ¿Qué motivó a Armand a separarse varias veces de Marguerite Gautier?

- ¿Qué motivó a Marguerite Gautier a dejar a Armand?

- ¿Por qué Marguerite Gautier se distingue de las demás cortesanas?

- ¿Qué nos dice el personaje de Prudence Duvernoy sobre las condiciones de vida de las cortesanas?

- ¿Se equivoca Armand al estar celoso?

- ¿Qué nos dice la novela sobre la vida en París a mediados del siglo XX?

PARA IR MÁS LEJOS

EDICIÓN DE REFERENCIA

DUMAS A. fils, *La Dame aux camélias*, Le Livre de poche, 1975.

ESTUDIOS COMPARATIVOS

LIVIO, A. *Prefacio y comentarios* (incluidos en la edición de referencia) Le Livre de poche, 1975.

OTRAS FUENTES

PRÉVOST, A.F. *Manon Lescaut*, 1731

ADAPTACIONES

VERDI, G. *La Traviata*. 1853, ópera.

DUMAS, A. *La Dame aux camélias*, 1852, obra de teatro.

DE CECCATTY, R. *La Dame aux camélias*, 2000, obra de teatro.

LARSEN, V. *La dama de las camelias*, 1907, película.

CUKOR, G. *Le roman de Marguerite Gautier*, 1936, cine.

SAUGET, H. *La Dame aux camélias*, 1957, ballet.

LEFEBRE, J. *La Dame aux camélias*, 1980, ballet.

Muchas más guías para descubrir tu pasión por la literatura

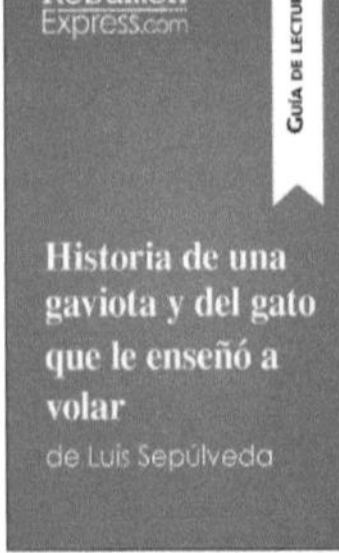

www.ResumenExpress.com

ISBN ebook: 9782808687164
ISBN papel: 9782808698566
Depósito legal: D/2023/12603/1136

Cubierta: © Primento
Libro realizado por Primento, el socio digital de los editores